contemporanea

ANGELO DI LIBERTO

Il bambino
GIOVANNI FALCONE

Con una prefazione di
MARIA FALCONE

Illustrazioni di Paolo d'Altan

MONDADORI

L'autore ringrazia la Fondazione "Giovanni e Francesca Falcone" di Palermo per il sostegno e la disponibilità ad accedere ai suoi archivi, e in particolar modo la dott.ssa Loredana Introini. Ringrazia inoltre le sorelle Anna e Maria Falcone, il cui racconto di episodi privati della famiglia è stato prima fonte e ispirazione, e che hanno dato la possibilità di fotografare le figure originarie del presepe di cui questo racconto parla.

La presente opera è stata pubblicata per la prima volta da
:duepunti edizioni (Palermo, 2014).

La citazione a pag. 76 è tratta da *Storia di Giovanni Falcone*,
di Francesco La Licata (Feltrinelli, Milano, 2002).

La stesura dei testi in appendice è a cura di Manuela Piemonte.

www.ragazzimondadori.it

© 2017 Mondadori Libri S.p.A., Milano, per la presente edizione
Prima edizione maggio 2017
Stampato presso ELCOGRAF S.p.A.
Stabilimento di Cles (TN)
Printed in Italy
ISBN 978-88-04-67953-0

A mio padre

Prefazione

L'emozionante racconto di Angelo Di Liberto mi ha riportata alla mia infanzia, all'atmosfera di Natale che si respirava in casa e a quell'incantato presepe che ci rapiva. Tuttavia, questo non è il racconto di un Natale di famiglia, ma la storia dei preparativi di un Natale visti attraverso gli occhi di un bambino di sette anni. Un bambino, di nome Giovanni, che non riesce a contemplare e a rasserenarsi dinnanzi alla bellezza del presepe perché si sente profondamente turbato per quanto capita fuori casa. Fuori dalle mura paterne, infatti, a Palermo, si muore per mano mafiosa e il primo pensiero è che la stessa mano possa offendere anche suo padre. Nello stesso tempo è anche la storia dell'impotenza del bambino Giovanni che come unica arma ha un bastone che nella sua fantasia è una spada. Forte delle avventure di cappa e spada che ha letto, con quella vorrebbe fermare la mano dei vili uccisori, ma l'unica opera che riesce a compiere è quella di sfogarsi abbattendo il ramo di un ficus. Be', se questo all'apparenza può far sorridere, in realtà commuove. Poiché è il dramma di chi vuole combattere l'ingiustizia e non sa come realizzarlo nella realtà in cui vive. Non è il dramma di Giovanni, ma di tutti noi quando ci sentiamo impotenti di fronte ad una realtà in cui sembrano predominare soprusi e ingiustizie. Ma Giovanni ci indica una strada: nel presepio alla fine

PREFAZIONE

del racconto si erge un fusto di ficus che prima non c'era, esso rappresenta il suo impegno e la sua lotta per sradicare il male con la sua spada.

Quello stesso ficus è un invito rivolto a tutti noi a compiere fino in fondo le nostre scelte, ad agire senza temere di essere troppo piccoli o deboli per stare dalla parte del bene. Stare dietro ai pastori e guardare la luce della capanna significa battersi contro ogni compromesso di comodo con la cultura mafiosa per solcare sempre di più la strada, non immune da sacrifici, della legalità.

Maria Falcone

IL BAMBINO
GIOVANNI FALCONE

Giovanni l'aveva osservata per tutta la notte senza dormire.

C'era una piccola nicchia, incuneata nel muro di fronte al suo letto. La coprivano un paio di tendine tirate e immobili, e le antine di vetro chiuse. Cosa fosse nascosto lì dentro, non era dato sapere.

Fino a poco tempo prima era rimasta vuota, ma già da quel mattino suo padre gli aveva proibito di sbirciare.

Di fronte a quell'ordine, nella mente di un bambino abituato a non disobbedire ai suoi genitori, la curiosità era diventata sempre più forte e pressante. I pensieri premevano per uscire, trascinati dalla piena dei desideri.

A nulla erano servite la notte insonne e le lunghe ore passate a leggere *I Quarantacinque* di Alexandre Dumas. Il romanzo narrava le gesta di due gentiluomini francesi giunti a Parigi per formare uno speciale corpo di guardia per il re Enrico III di Francia, costantemente minacciato d'attentati da parte della casa di Guisa.

La luce accesa per vincere il buio, sulla sedia accanto al tavolino che Giovanni usava come

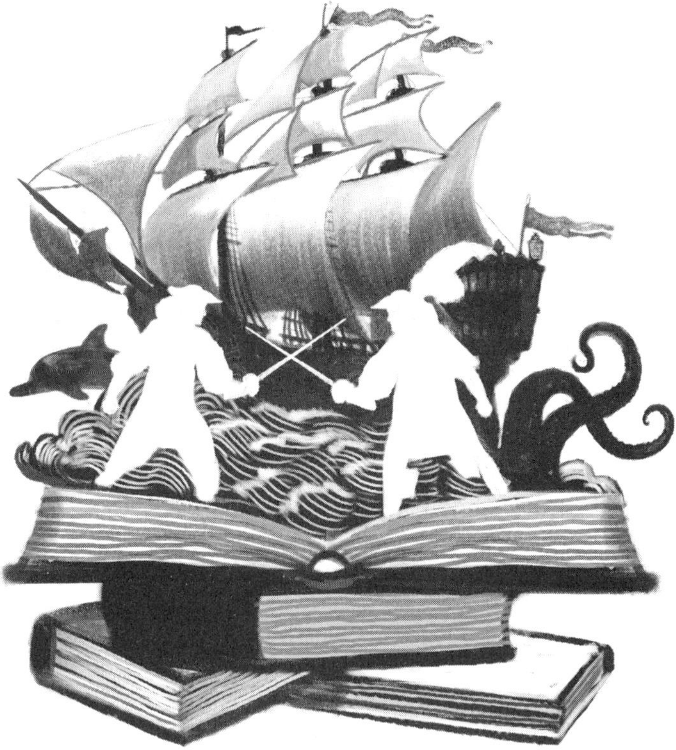

scrivania vi era appoggiata una spada. L'aveva costruita con pezzi di legno trovati per strada, davanti a una casa diroccata. A Palermo, nella piana della Magione, durante la guerra molti dei palazzi della borghesia buona erano stati distrutti dai bombardamenti. Ormai i portoni sfasciati lasciavano campo libero alle scorribande dei monelli del quartiere. Lì dentro si poteva trovare di tutto. Ma Giovanni aveva troppo rispetto per le case altrui e non ci voleva entrare. Mai si sarebbe permesso di appropriarsi di cose che non gli appartenevano.

IL BAMBINO GIOVANNI FALCONE

Quella gamba di sedia si trovava a una distanza più che ragionevole dal portone per arrivare a pensare che appartenesse a qualcuno. Stretta in punta, squadrata alla base, impiegò poco a trasformarla in un'arma al servizio del re Enrico III. Il suo avversario era un albero dal tronco bruno, un ficus alto che si trovava lungo la strada per andare a scuola. Contro quell'albero, di pomeriggio Giovanni si esercitava in mille duelli immaginari.

Stoccate, allunghi, slanci, parate, affondi: il povero albero lo assecondava in silenzio, come un compagno di giochi nel momento del bisogno. Poi alla fine Giovanni si fermava, chiudeva gli occhi, inspirava profondamente, s'inchinava davanti all'amico sempreverde, lo ringraziava e tornava a casa.

Quella notte Giovanni restò a guardare i tetti delle case di fronte attraverso la finestra e aspettò l'alba dell'8 dicembre 1946, la festa dell'Immacolata. Il silenzio e il buio tenuti a bada dalla luce della lampada sul comodino.

Proprio quando il primo raggio di sole s'inerpicava sul terzo piano, colpendo la finestra della palazzina bassa accanto alla sua, Giovanni scivolò nel sonno.

Suo padre entrò nella stanza mentre lui ancora dormiva. Vestito già a quell'ora del mattino in abito scuro, come si addiceva al direttore del Laboratorio provinciale d'igiene e profilassi del Comune di Palermo, Arturo Falcone varcò la soglia, diede un'occhiata veloce al figlio, accennò un mezzo sorriso, si diresse alla nicchia nel muro, aprì le antine di vetro, e scostò le tendine di raso viola.

IL BAMBINO GIOVANNI FALCONE

Giovanni sentì quei rumori e si svegliò, ma finse di essere ancora addormentato. Aveva capito che suo padre voleva fargli una sorpresa. Tirò il lenzuolo più che poté, si raggomitolò sotto le coperte e aspettò paziente. A nulla erano valsi i tentativi per saperne di più su quel segreto dalle sorelle maggiori. Né Anna né Maria avevano parlato. La nicchia nel muro della sua stanza era rimasta un mistero. I minuti passarono lentamente, mentre i pensieri volavano alle ipotesi più disparate, proprio come nel corso della notte. Che lì dietro ci fosse un'altra spada?

Magari una daga, simile a quella dei carabinieri quando indossavano la divisa; oppure una sciabola, unica amica dei soldati italiani mandati a morire al fronte russo, come gli aveva raccontato lo zio "scienziato matto", che aveva studiato all'Accademia di Brera e faceva l'artista.

Meglio ancora, magari lì dietro le tendine c'era il fioretto dei tre moschettieri.

Quest'ultima ipotesi gli sembrò la più ragionevole. S'immaginò davanti al suo amico albero, a combattere veloce come D'Artagnan contro le guardie del cardinale Richelieu. Giovanni aveva letto quasi tutti i libri di Dumas, e così pure Eugène Sue, Conrad e Victor Hugo. Nella biblioteca di famiglia prediligeva i romanzi d'avventura, storie d'eroi e di guerre cavalleresche e i racconti d'ambientazione marinara.

Arturo Falcone si schiarì la voce. Bastò quel segnale perché Giovanni si mettesse a sedere sul letto. «Buongiorno» disse il padre avvicinandosi alla sedia. La nicchia nel muro si rivelò nelle sue dimensioni reali.

«Buongiorno» rispose Giovanni.

Al suo interno il bambino distinse i volti di alcune statuine. Il numero esatto non avrebbe potuto dirlo ma sembravano tutte simili tra loro, fatte di ceramica e stoffa.

«Che c'è biddicchiu, non ti piacciono?» domandò suo padre.

IL BAMBINO GIOVANNI FALCONE

Giovanni annuì senza dire una parola.

Era deluso. I suoi sogni di cavaliere si erano infranti nell'attimo in cui aveva fissato i volti di quel piccolo mondo.

«Ancora non li hai riconosciuti?» lo incalzò il padre tentando di destare la sua curiosità.

Giovanni scese dal letto e si avvicinò alla nicchia.

Ci volle poco per capire che si trattava di un presepe. Non di quelli che si vedevano nelle altre case. Uno simile non l'aveva visto nemmeno nel convento della Pietà in via Alloro, vicino al museo Nazionale, dove si trovava la zia Peppina, una vecchia suora. Proprio lei aveva regalato quei pastori alla sua famiglia.

«La zia Peppina ci tiene» si affrettò a dire papà Arturo. «Ieri mentre eri a scuola è venuto un pittore. E guarda che capolavoro.»

Giovanni gettò un'occhiata distratta allo sfondo dipinto con colori a olio: case in muratura, strade, prati, un rudere romano costituito da un arco spezzato, due colonne bianche sulla sinistra e un cielo pieno di stelle.

«Non le hai mai viste quelle case?»

Giovanni fece cenno di no.

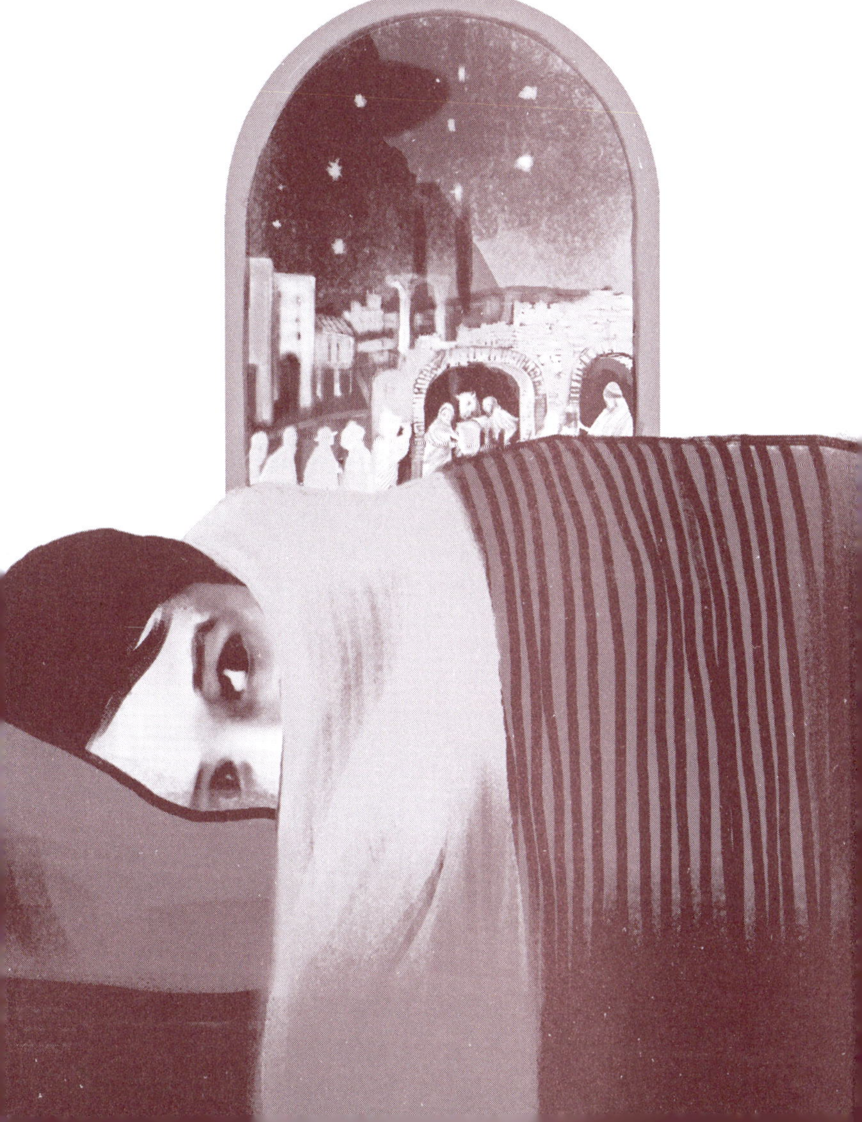

Poi sorrise e si avvicinò alla finestra della stanza. Contò le case a una a una. Persino le finestre erano state riprodotte fedelmente sulla tela.

«L'arco e le colonne sono una libera interpretazione dell'artista, per ricordare l'epoca romana» disse Arturo per completare la descrizione.

Giovanni si voltò, prese la sua spada di legno e tornò alla nicchia. Le casette messe in fila una dietro l'altra a un certo punto scomparivano dalla vista dietro la Madonna e San Giuseppe. Sulla culla di raso bianco ricamato però mancava il Bambinello.

La Madonna era vestita con un manto di seta a motivi floreali e piccoli cerchi lucenti ricamati sopra. Sul capo portava un merletto fatto all'uncinetto. San Giuseppe indossava un abito azzurro col colletto dorato, dello stesso colore della cintura. Sorrideva mentre la Madonna teneva la testa china, lo sguardo basso e le labbra strette come in un oscuro presentimento. Il bue era dietro la culla, mentre l'asinello stranamente si trovava davanti, proprio di fronte alla culla, dove ci sarebbero dovuti essere i piedi del Bambino Gesù.

Tutt'intorno a loro, una ridda di personaggi colorati, fissi e immobili come in una pantomima.

Giovanni li osservò a lungo, a uno a uno. Il suo sguardo fu catturato da qualcosa di rosso alla sua destra. Un rosso così acceso da infastidirlo al punto che si girò dall'altra parte per non doverlo guardare.

Suo padre notò quel movimento, senza però capire il motivo della sua inquietudine.

«Che c'è?» gli domandò.

Il bambino non rispose.

«Non sei contento di dormire nella stanza del presepe?»

Giovanni accennò un sorriso. Per nulla al mondo avrebbe deluso suo padre.

Arturo Falcone si avvicinò al figlio, gli mise una mano su una spalla e insieme uscirono dalla stanza.

Per tutto il giorno Giovanni se ne stette seduto sotto il ficus. Aveva l'aria triste.

Non gli andava neanche di esercitarsi con la

spada. Il ricordo di quel colore, un rosso sgargiante, che apparteneva senz'altro al vestito di una delle statuine di ceramica, gli tolse l'allegria: era fin troppo simile al colore del sangue.

In ogni caso, nessuno l'obbligava a dormire in quella stanza contro la sua volontà. Avrebbe potuto confessarlo a suo padre, magari sarebbe stato comprensivo.

Ben presto però si sentì ridicolo. Era una sensazione ingiustificata. Non c'era una ragione reale per quei pensieri, né per la sua inquietudine. Cosa avrebbe risposto alla madre o alle sorelle, se gli avessero chiesto il motivo di quella scelta? Non voleva dare spiegazioni a nessuno. Dopo suo padre, era lui l'uomo di casa.

Già in passato aveva dato prova del suo coraggio. Pur avendo paura del buio, se la luce era spenta, rimaneva paralizzato, ma dopo un po' cercava di reagire. Non chiamava nessuno. Non chiedeva aiuto. Faceva scorrere la mano sul muro finché a tentoni non trovava l'interruttore. Si esercitava a sconfiggere il panico, da solo.

Giunto davanti al portone di casa decise che avrebbe continuato a dormire in camera sua.

Si era fatto tardi. Trovò tutta la famiglia in cucina, attorno alla tavola imbandita.

C'era un silenzio insolito. Sua madre Luisa con la testa piegata, la stessa espressione della statuina della Madonna. Anna e Maria sembravano incollate alle sedie, non si muovevano di un centimetro.

Giovanni pensò che fosse per via del ritardo o della sua reazione alla vista del presepe.

Ecco che di lì a poco sua madre gli avrebbe rivolto una di quelle domande alle quali lui non avrebbe saputo sottrarsi, già gli sembrava di sentirne la voce: "Giovà, cos'è quella faccia?" oppure "Giovanni, ma dov'eri finito!".

Prese posto tra Maria e suo padre, a capo chino, per evitare qualsiasi sguardo o domanda.

Ma quando Arturo gli fece cenno di servirsi,

sorridendo, comprese che non era lui la causa di quella tensione.

Consumarono la cena velocemente, senza che quel silenzio si squarciasse. Giovanni si alzò per ultimo e andò in camera sua. Sull'uscio della stanza guardò la spada vicina al comodino, poi il letto, e vi si diresse senza degnare di uno sguardo la nicchia nel muro.

Prima di coricarsi, si ricordò di prendere un bicchiere d'acqua e così decise di tornare in cucina.

Dal corridoio sentì il padre e la madre che parlavano sottovoce.

«Non preoccuparti» disse Arturo Falcone alla moglie.

«Devi essere prudente» rispose lei.

Giovanni si avvicinò ulteriormente e si fermò

a origliare. Fece un balzo quando si sentì toccare la spalla. Voltandosi, vide Maria che ridacchiava per avergli fatto prendere uno spavento.

Un tono alterato nella voce della madre li fece zittire di colpo.

«È successo durante la processione dell'Immacolata, in mezzo a tanta gente. Non hanno paura di nessuno!» disse la madre, con la voce colma di preoccupazione.

«Sicurella era maresciallo. Faceva un lavoro diverso dal mio. Non sono esposto agli stessi pericoli.»

«Ma comunque sei il direttore del Laboratorio provinciale d'igiene e profilassi del Comune. Arrivano dappertutto.»

Maria tirò il fratello per un braccio e lo riportò nella sua stanza. Anna si fece trovare davanti al letto. Giovanni aveva la testa piena di domande ma le sorelle lo convinsero a non pensarci. Era meglio riposare. L'indomani dovevano andare a scuola.

Un po' per il presepe e un po' per ciò che aveva sentito in cucina, Giovanni dormì un sonno agitato.

«Hai sentito? Hanno ucciso un poliziotto, Raffaele Sicurella.» Il mattino seguente, a scuola non si parlava d'altro.

«Non si dice poliziotto, si dice maresciallo di pubblica sicurezza.»

«L'hanno ucciso poco prima che il corteo della processione dell'Immacolata arrivasse a piazza Indipendenza.»

I racconti sull'accaduto erano più o meno tutti uguali: la statua dell'Immacolata, portata a spalla, era partita dalla chiesa di San Giuseppe ai

IL BAMBINO GIOVANNI FALCONE

Danisinni e stava per giungere in piazza. Il maresciallo era appena uscito dal bar dopo aver bevuto un caffè, quando aveva notato qualcosa di insolito. Non gli avevano lasciato il tempo di andare oltre. Lo avevano freddato con sei pallottole. Alcuni testimoni raccontavano di avere visto una persona riporre in tasca una pistola e fuggire, confondendosi tra la folla.

Di più non si era riusciti ad apprendere.

Tutti sapevano che in quella zona il vero capo era don Tano Filippone.

A scuola nessuno aveva il coraggio di pronunciarne il nome per intero. Soltanto un bambino accennò un "don Tano", piano piano, sottovoce.

All'udire quelle parole Giovanni sussultò.

Era la prima volta che qualcuno gli parlava di quell'individuo, eppure quel nome non lo lascia-

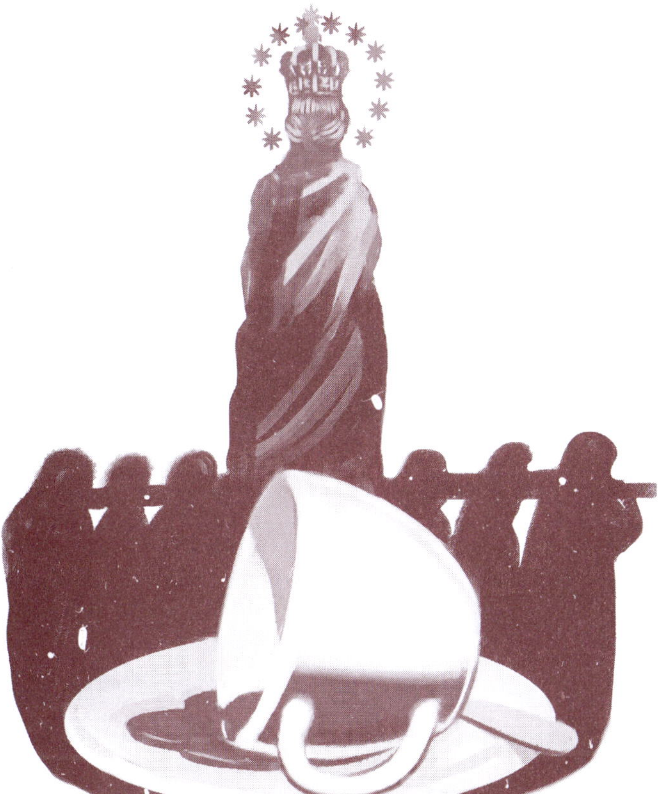

va indifferente. Giovanni capì immediatamente che tipo di persona fosse don Tano Filippone: il vero re del quartiere, amico di alcuni rappresentanti delle forze dell'ordine. Di solito, le persone si rivolgevano a lui per avere un piccolo aiuto, una mediazione, ma Tano Filippone non si limitava alle parole: se era necessario, non disdegnava la violenza. Lo si poteva incontrare in via Cipressi, dove aveva aperto la sezione di un partito politico, il Movimento per l'Indipendenza Siciliana. Se non si trovava lì, riceveva al bar Santoro in piazza Indipendenza, come fosse il suo ufficio.

Le lezioni volarono senza che Giovanni se ne rendesse conto. Davanti agli occhi continuavano a balenargli il viso preoccupato della madre e quel colore rosso. Ripeteva tra sé e sé, fino allo sfinimento, il nome di Tano Filippone e il pensiero tornava al presepe nella sua stanza.

Ma che c'entrava in quel momento?

La Madonna con la testa china e lo sguardo chiuso, lo stesso di mamma Luisa che guardava il marito preoccupata.

Poi un occhio al quaderno per il dettato.

La culla vuota del bambinello e lo sguardo sorridente di San Giuseppe.

Di colpo Giovanni capì, o perlomeno pensò di aver capito. Si trattava proprio di suo padre: il suo lavoro lo esponeva a grandi pericoli.

Com'è che non ci era arrivato prima?

E il presepe era un segno. Nello stesso giorno in cui l'aveva visto per la prima volta, era avvenuto un omicidio. Avrebbe dovuto continuare a scrutarlo per sapere se sarebbe successo di nuovo. Osservare ogni indizio, ogni particolare, alla ricerca di una traccia.

Tornò a casa di corsa senza aspettare Anna, che era solita venirlo a prendere a scuola. Salutò la madre e corse in camera sua. Posò la cartella sul letto e guardò la nicchia nel muro. Non si avvicinò subito. Come la volta precedente, si tenne distante. Sapeva di non correre alcun rischio ma preferiva osservare il presepe nella sua interezza, e soltanto dopo analizzare i dettagli delle stoffe, esaminare le pose delle statue, studiare le espressioni del viso.

A sinistra c'erano i Re Magi con i vestiti blu, bianchi e marroni. Due di loro protendevano le braccia in segno d'offerta dei doni. Il terzo reggeva un cofanetto con entrambe le mani. I volti aperti in un sorriso benevolo.

Si sentì rinfrancato e continuò a vagare con lo sguardo. Si fermò sulla statua di un giovinetto inginocchiato accanto alla Madonna. Tra le mani reggeva una cordicella, alla quale erano legati dei formaggi, e aveva il viso rivolto verso l'alto, come a invocare la grazia.

Anche in quel caso Giovanni passò oltre. Sulla tela che faceva da sfondo notò le teste di tanti angeli alati. Sembravano quasi sostituire le stelle in cielo, anche se il valente pittore aveva dipinto moltissimi asterischi lucenti sopra il blu della notte.

D'un tratto, osservando una coppia ritratta nell'atto di scambiarsi chiacchiere cortesi, Giovanni ritrovò il colore che lo infastidiva: apparteneva ai pantaloni di una statua raffigurante un uomo tarchiato, con un cappello in testa. Era il più elegante e allo stesso tempo il più ripugnante tra i pastori nella nicchia. Il volto obliquo, le fattezze di un bruto lardoso. Ma ancor più inquietante era la sua posizione: se ne stava curvo sulla donna, come per intimorirla. Giovanni si convinse che quella statua avesse la stessa fisionomia di Tano Filippone. Anche se non l'aveva mai visto, era così che se lo immaginava. Quello sgorbio di ceramica sembrava minacciare la poverina che si ritraeva, girando il capo dall'altra parte. Sicuro di sé, con il sorriso di scherno, la pancia prominente e il naso livido.

Le sopracciglia arcuate formavano un angolo acuto che metteva in soggezione. Ma la parte più minacciosa di quel corpo sgraziato erano soprattutto le braccia, allargate nell'atto di voler afferrare. In mano, un bastone.

Giovanni indietreggiò, in cerca della spada. L'agguantò e gliela puntò contro.

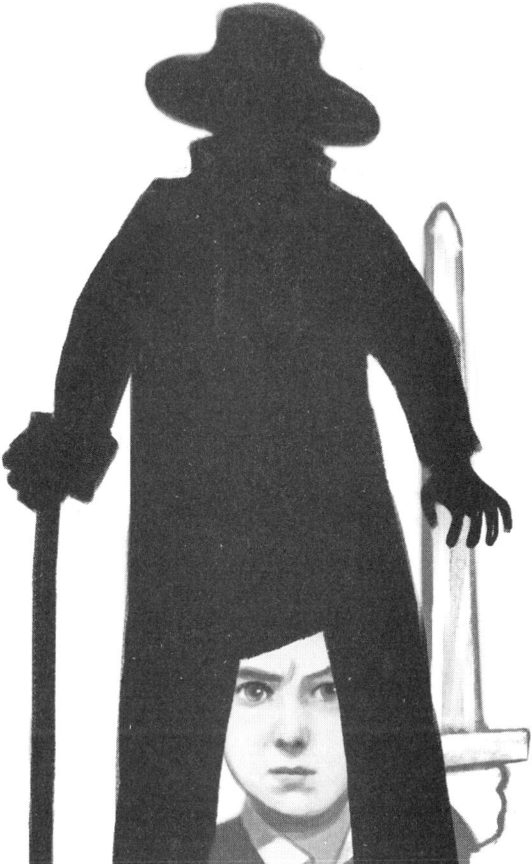

Un lieve colpetto e Tano Filippone cadde, andandosi a sporcare la faccia nella ghiaia.

Lo lasciò lì. Si sedette sul letto e rimase a fissarlo.

Trascorsero delle ore. Ormai si era fatto buio.

Per quanto si fosse sforzato d'osservare il piccolo mondo del presepe, Giovanni non riuscì a trovare il segnale sperato.

La voce di mamma Luisa lo riportò alla realtà. Era l'ora di cena. Il bambino si alzò e prima di uscire dalla stanza giurò a se stesso che avrebbe continuato a sorvegliare il presepe. Al minimo indizio avrebbe saputo come agire.

«Io non ho paura di morire. Sono siciliano, io» disse risoluto guardando Tano Filippone negli occhi di ceramica colorata.

«Ma che dici?» commentò alle sue spalle una voce con l'accento inconfondibile del padre.

Arturo Falcone si avvicinò e gli passò una mano fra i capelli.

Giovanni si girò. I suoi occhi s'impressero in quelli del padre con fermezza, e l'uomo fu attraversato da un'energia dirompente. In quei due piccoli cerchi dolcemente schiacciati alle estremità riconobbe una determinazione che sulle prime lo disarmò.

Giovanni aveva le labbra serrate e nella mano destra stritolava l'elsa della spada.

Ansimava.

Arturo Falcone aspettò qualche secondo, poi accarezzò il volto del figlio. Era freddo. La pelle tesa, sudata.

L'accarezzò due volte. Alla seconda, il bambino si calmò.

Non erano abituati a parlare. La differenza di età aveva scavato trincee silenziose. Di solito gli unici discorsi tra loro erano fatti di consigli o ammonimenti. Occorse del tempo affinché le parole si facessero strada superando quegli ostacoli.

«Nessuno vuole farti del male. Sei al sicuro.»

Arturo utilizzò le note più calde che possedeva. Questo fu tutto ciò che riuscì a dire. Aggiunse un sorriso rassicurante.

Giovanni lo guardò orgoglioso. Sapeva che in quelle parole c'era più di quanto non avesse pronunciato.

Suo padre era molto alto. In quell'istante gli parve come il suo amico ficus. Un amico forte e protettivo.

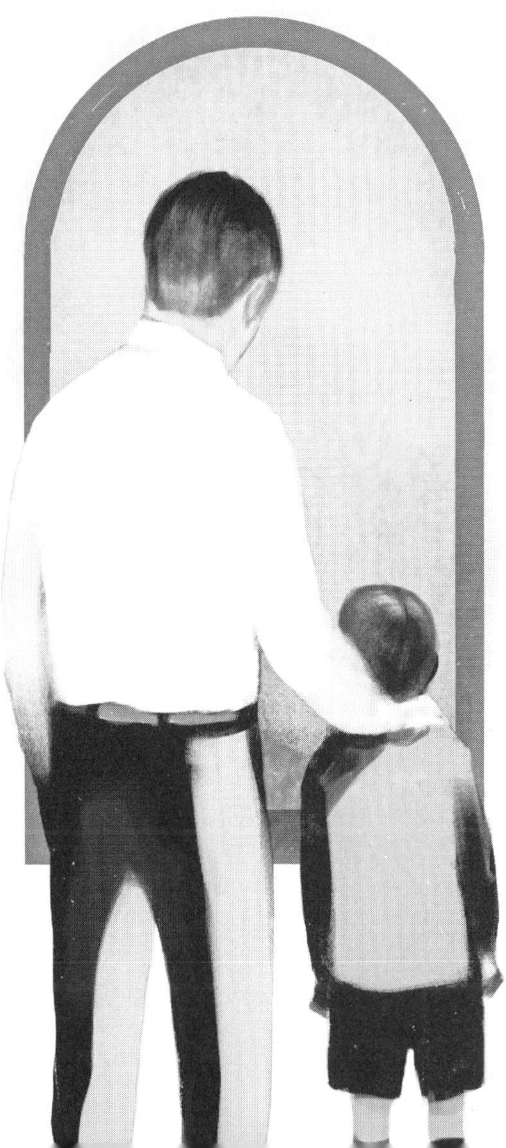

Si concluse così quel momento. Padre e figlio. Gli occhi dell'uno nell'altro. Il coraggio dell'uno nella certezza dell'altro. Pochi discorsi sarebbero potuti essere così convincenti.

Anna, la sorella maggiore di Giovanni, entrò nella stanza: «La cena è pronta» disse, ma in risposta la accolsero il silenzio e l'immobilità di entrambi.

Infatti non si accorsero subito di lei.

«È pronto, amunì!» disse ancora Anna.

Al secondo richiamo, come due pastori giganti in un presepe vivente, Arturo e Giovanni si mossero e le andarono incontro.

IL BAMBINO GIOVANNI FALCONE

I giorni trascorsero tra la scuola e i giochi. Le parole di Arturo Falcone furono l'antidoto ai timori di Giovanni. Non si parlò più di Tano Filippone. Quando il bambino si lasciava prendere dalle paure, andava a esercitarsi nei suoi duelli immaginari ai piedi dell'albero.

Sembrava che la sua esistenza non fosse stata scalfita dall'episodio di piazza Indipendenza. Il tempo gli fece prendere le distanze. Gli appostamenti in camera sua si diradarono. Il presepe divenne solo il simbolo del Natale che si avvicinava a grandi passi.

Ciononostante, Arturo Falcone cercò di accertarsi che il figlio fosse sereno. Il compito d'investigare toccò ad Anna. Lo raggiunse un pomeriggio sotto il ficus. Si sedette a poca distanza, sul muretto accanto a una siepe, e rimase lì a osservarlo. Giovanni se ne accorse e smise di giocare con la spada. A volte con Anna riusciva a confidarsi, ma non capiva la sua presenza lì. S'insospettì e l'affrontò direttamente.

«Come mai sei qui?»

«Non c'è un motivo particolare... volevo solo guardarti mentre ti eserciti con la spada.»

«C'è sempre un motivo.»

«E chi te l'ha detto?»

«Nessuno. Lo so e basta»

«Pensi di sapere tutto?»

Giovanni si sedette accanto alla sorella e ap-

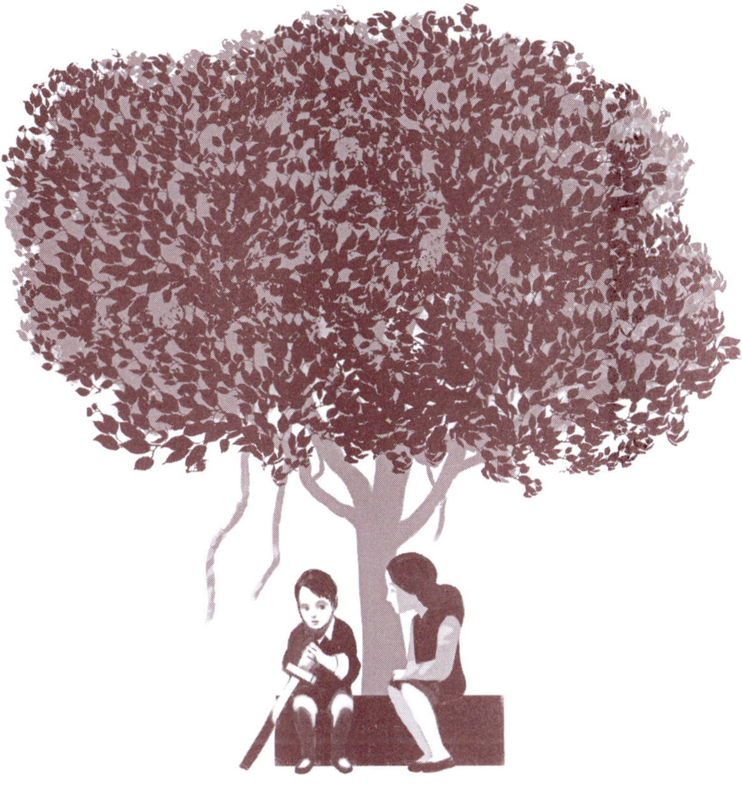

poggiò la spada al muretto. «Io non so niente.» Si affrettò ad accompagnare la frase con un sorriso sornione.

Anna se ne lasciò trascinare e sorrise a sua volta. «Non m'incanti, lo sai?»

Lui non rispose.

«Perché fissi tutti i giorni il presepe nella tua stanza?»

A quella domanda Giovanni si fece serio. Gli occhi ripresero la loro abituale espressione malinconica. Giovanni sembrò guardare oltre la sorella e immergersi in un'altra dimensione. Lei gli prese una mano. Quella stretta lo costrinse a tornare alla realtà e a rispondere frettolosamente.

«Non c'è un vero motivo.»

Si accorse dell'errore e abbassò lo sguardo.

«C'è sempre un motivo» ribatté la sorella, non aspettando altro che di coglierlo in fallo.

Giovanni doveva trovare una risposta alla svelta.

Sua sorella non avrebbe tardato a incalzarlo.

Ancora una volta fu il suo amico albero a salvarlo.

«Secondo me ci manca qualcosa…»

Sperò che Anna abboccasse.

«Dove?»

Aveva abboccato.

«Nel presepe. Ci hanno messo le case, le pecore, i pastori. Non hanno pensato agli alberi. Ci manca un albero.»

«E questo ti farebbe stare più tranquillo?»

«Certo» rispose Giovanni, sentendosi però ancora a disagio.

«Mi prometti che non passerai più il tuo tempo davanti al presepe?»

«Solo quando arriverà l'albero. Dev'essere un ficus, come quello.» Giovanni indicò il tronco che aveva utilizzato fino a poco prima come bersaglio.

Era una scusa come un'altra. Pensava però che sarebbe servita a tenere distanti gli sguardi, qualora si fosse dedicato nuovamente al presepe.

«Va bene» disse Anna alzandosi in piedi, «lo avrai.»

Si alzò anche Giovanni e insieme si avviarono verso casa.

Poco prima di giungere davanti alla porta, Anna gli rivolse un'ultima domanda.

«C'è qualcosa che vuoi dirmi?» Aveva una voce convincente.

Giovanni esitò prima di rispondere.

Avrebbe voluto confessarle il suo timore di perdere il padre, ma la sua riservatezza ebbe la meglio e non riuscì a rivelare i suoi sentimenti. Si limitò a fare cenno di no col capo.

Entrarono in casa.

Nei giorni a seguire Giovanni evitò di fissare i pastori del presepe. Quando di sera tornava in camera sua, c'era sempre qualcuno che con la scusa di augurargli la buona notte si fermava a parlare. Se non era Anna, ci pensava Maria. Più grande di lui di tre anni. Più vivace e irrequieta. Più loquace. Non la smetteva di chiacchierare. Lo faceva per affetto. Sperava che il fratellino si addormentasse nel frattempo.

Non succedeva mai. Così Maria se ne andava insonnolita e Giovanni di lì a poco s'addormentava.

Arrivò il 22 dicembre, l'ultimo giorno di scuola prima delle vacanze natalizie. Era quasi l'ora dell'uscita. I compagni non facevano che parlare delle feste, dei regali, dei dolci, dei giochi. Giovanni invece, taciturno come sempre, si limitava ad ascoltare i loro racconti.

Suonò la campanella della fine delle lezioni. Pausa fino all'epifania. I bambini uscirono a frotte, pulsanti d'allegria. Alcuni lanciavano le cartelle in aria, per poi riprenderle, altri si spintonavano.

Un gruppo appartato fuori dal portone, nell'atrio, parlava concitatamente.

Giovanni incuriosito si avvicinò.

Erano tutti più grandi di lui, di quinta. Di solito giocavano a pallone dopo la scuola. I loro volti sembravano stranamente seri. Non era il calcio il motivo della discussione.

IL BAMBINO GIOVANNI FALCONE

Uno di loro stava parlando di un fatto che era successo la sera prima. L'aveva sentito da suo zio che abitava a Baucina. C'era stato un "avvertimento". La questione della terra era una cosa seria in quel paese non molto lontano da Palermo.

IL BAMBINO GIOVANNI FALCONE

«Lì comandano certi gabellotti» disse un ragazzino con i denti storti. Si chiamavano così, in Sicilia, le persone che avevano preso in affitto un latifondo, e che a loro volta lo affittavano ai contadini. Per via del loro lavoro, i gabellotti erano uomini molto forti e prepotenti, spesso anche violenti.

«E che cosa gli hanno fatto?» chiese un altro.

«Gli hanno sparato cinque colpi di pistola» rispose il primo. «Si chiamava Niccolò Azoti, era un sindacalista dalla parte dei contadini. Pestava i calli a qualcuno…»

«Perché "si chiamava"? Non hai detto che è ancora vivo?»

«Sì, ma è combinato male. Mio zio dice che non ce la fa.»

Giovanni indietreggiò proprio nel momento in cui arrivavano le sue sorelle. Gli tremavano le gambe, il cuore batteva all'impazzata ma resistette. Era come se un grido muto percorresse il suo corpo dalla testa ai piedi. Cercò di non mostrare alcuna emozione. Non poteva permettersi certe debolezze.

Maria e Anna intuirono che c'era qualcosa che non andava, ma non dissero nulla.

Il ritorno a casa fu piuttosto silenzioso.

A nulla valsero i tentativi per distrarre Giovanni che, una volta arrivato, si precipitò nella sua stanza davanti al presepe.

Sbarrò gli occhi e non poté trattenere un sospiro. La statua di Tano Filippone era stata spostata. Accanto a lui non c'era più la donna ma il giovinetto con i formaggi. E quel lurido pancione dal volto rubizzo sembrava minacciarlo, tanto che il ragazzino adesso rivolgeva a lui le sue suppliche.

Giovanni si sentì avvampare. Spinse Tano Filippone e lo fece ruzzolare di nuovo. Non contento lo prese e lo spostò fuori dalla nicchia. In corridoio c'era un mobile basso, con due sportelli. Serviva per conservare le stoffe che venivano usate per i rammendi. Lo aprì e vi ripose il pastore.

Dopodiché chiuse a chiave lo sportello e tornò nella sua stanza.

La sensazione di calore che lo aveva preso un momento prima non accennava a diminuire, anzi, ora era aumentata e gli girava la testa. Si sentì confuso. Prese la spada di legno e si recò al ficus.

Picchiò forte. I rami più bassi tremarono. Continuò. Infierì. C'erano solo due radici aeree, nate per riequilibrare l'assetto dell'albero, che penzolavano nel vuoto. Sembravano due braccia sfrangiate. Sussultavano a ogni colpo come arti senza vita. Il legno della spada risultò più resistente e più compatto del tronco quasi spugnoso del ficus.

Con gli occhi colmi di rabbia e disperazione, i colpi di Giovanni si abbatterono sulla corteccia. Più volte. Si susseguirono veloci, precisi, implacabili. Le braccia penzolanti sembrarono animarsi di vita propria. Due fruste brune che tuttavia si agitavano senza rispondere all'attacco.

La corteccia si scheggiò, a poco a poco assunse un altro colore. Verde e qualche nota giallognola. Giovanni impugnò l'elsa con entrambe le mani. Alzò le braccia per l'ultima stoccata, ma non proseguì.

Un liquido bianco e denso come latte fuoriusciva dal tronco.

Il suo dolore. Aveva ferito il ficus. Incolpevole.

Sentì il bisogno di sedersi. Lanciò la spada e si portò le mani al viso. Pianse per l'albero, per la sua rabbia, per aver creduto che un presepe potesse svelargli il futuro. Per avere dato più valore a delle statuette che alla realtà. Infine, per

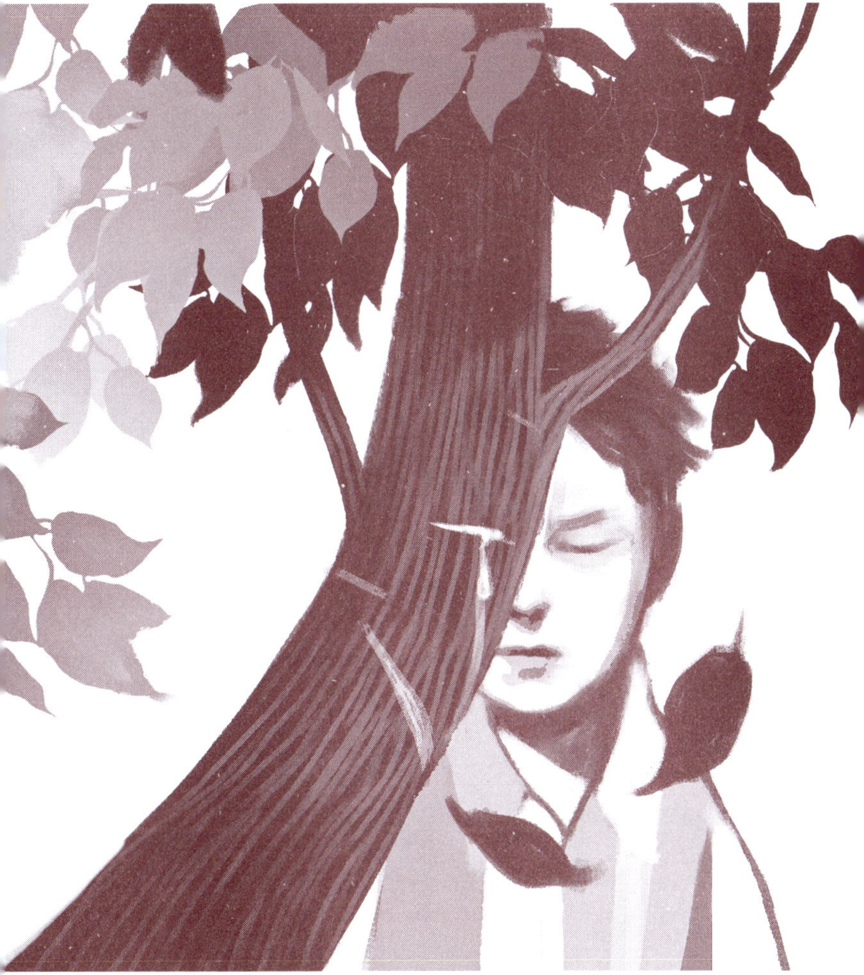

aver fatto preoccupare la sua famiglia. Non erano questi i valori che gli aveva insegnato suo padre.

Respirò affannosamente, guardò la spada e decise che da quel momento sarebbero finiti i giochi. La lasciò dov'era e si avviò verso casa.

Quando entrò trovò tutto tranquillo.

Anna e Maria non avevano spifferato nulla. Si scambiò uno sguardo d'intesa con le sorelle e salì in camera.

Si mise sul letto ma finì per coricarsi. Intorno a lui la stanza cominciò a girare. Chiuse gli occhi.

Non si lamentò, anche se dentro di sé avvertiva un dolore lancinante allo stomaco. Poi s'addormentò.

Arturo Falcone arrivò poco dopo e così anche il resto della famiglia. Vedendolo sul letto si preoccuparono. Il bambino scottava di febbre. Per un attimo pensarono di chiamare il medico, invece mamma Luisa disse che non c'era bisogno, che si sarebbe occupata lei del figlio.

Giovanni dormì fino all'indomani. Durante il sonno delirò. Frasi confuse che facevano riferimento ai pastori del presepe.

La madre lo curò con impacchi d'acqua fredda. Gli fece bere brodo di carne, nel quale aveva disciolto delle erbe curative, retaggio degli insegnamenti della zia Peppina.

Sembrò funzionare. A poco a poco Giovanni si sentì meglio. La febbre che lo aveva tenuto stretto nella sua morsa per tutta la notte l'abbandonò.

Nella mattinata già si era messo a sedere e chiedeva un po' di cibo. Fu accontentato.

Gli portarono della frutta. La sola cosa che gli consentirono di mangiare.

Se fosse dipeso da lui, si sarebbe alzato subito.

La signora Luisa gl'intimò di restare a letto fino al pomeriggio. Giovanni strinse i pugni: era abituato a obbedire e non si alzò.

Approfittò del riposo per leggere. *L'agente segreto* di Conrad. Dopo due pagine s'addormentò.

Si svegliò ch'era sera. La vigilia di Natale. Per i bambini il giorno più bello dell'anno. Fu una musica a svegliarlo. Il suono di una cornamusa, le voci. Li sentì avvicinarsi. Di lì a poco la sua famiglia, alcuni parenti e qualche amico si radunarono nella sua stanza, la stanza del presepe. Arrivò anche il suonatore di cornamusa, che intonò le melodie tipiche della tradizione natalizia.

Era stato deciso che la novena, i nove giorni di preghiera prima del Natale, terminasse proprio in casa loro, per facilitare Giovanni ch'era stato male.

L'ambiente si riscaldò, pieno di volti sorridenti.

Ognuno prese posto dove poté. La stanza non era molto grande. Arturo Falcone portò delle sedie. Gli altri rimasero in piedi.

Anna e Maria si avvicinarono alla nicchia portando con sé dei panierini di ceramica con i confetti e i torroncini. Erano nove in tutto. Uno per ogni giorno della novena.

Vi sistemarono anche delle candeline. Il piccolo mondo di pastori s'illuminò.

La signora Luisa adagiò il Bambinello nella culla.

Giovanni sussultò. Al posto del malfattore c'era un albero. Di fil di ferro e stoffa. Un ficus. Le foglioline verdi e gialle. I rami intricati. C'erano persino delle radici penzolanti. Si protendeva sul giovinetto inginocchiato, che sembrava fissarlo con commozione.

Il bambino si avvicinò. Non poté trattenere l'emozione. Guardò la statua del giovinetto e poi il ficus. Soprattutto il ficus. Sembrava l'amico ferito.

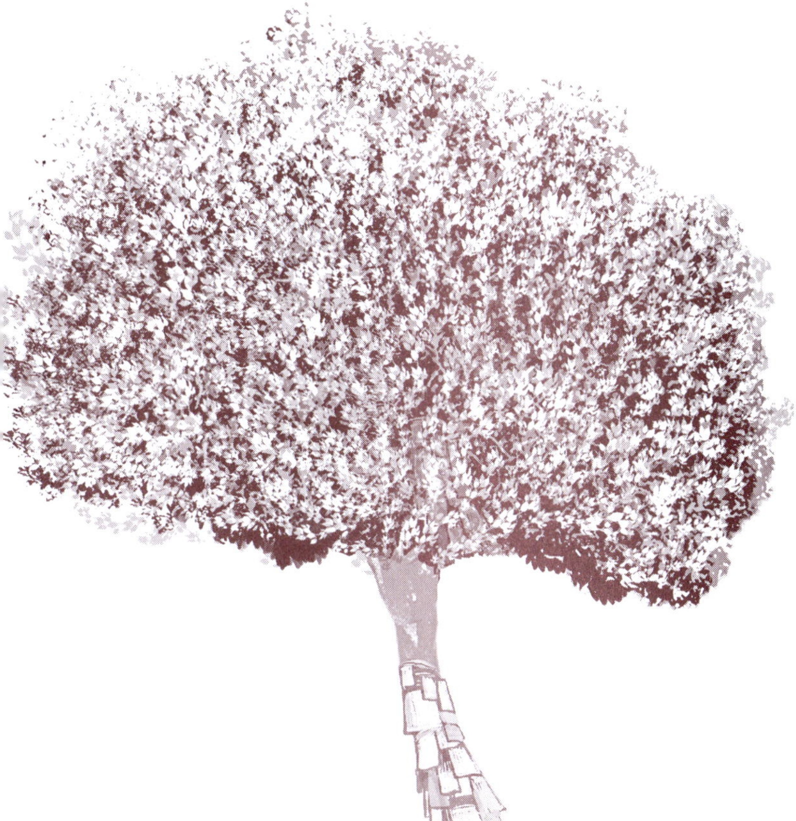

Tutto lo ricordava. Persino il colore della corteccia. Si avvicinò ancora un po'. Non poteva essere...

Mentre osservava il fusto bruno, gli parve di scorgere dei colori che poco prima non c'erano. Più precisamente delle macchie colorate.

La musica si affievolì. Venne il momento delle preghiere. Proprio quando le voci sommesse intonavano le invocazioni a Gesù Bambino, Giovanni vide che il tronco del ficus si ricopriva di piccoli foglietti bianchi. Più in basso verso la radice, di fiori. Poi si accorse che c'era una foto. Un uomo sorridente con i baffi.

Il suo stesso sorriso.

Ma cosa credono questi signori?
Credono che mi stia salvando la vita?
Io non ho paura di morire.
Sono siciliano, io.

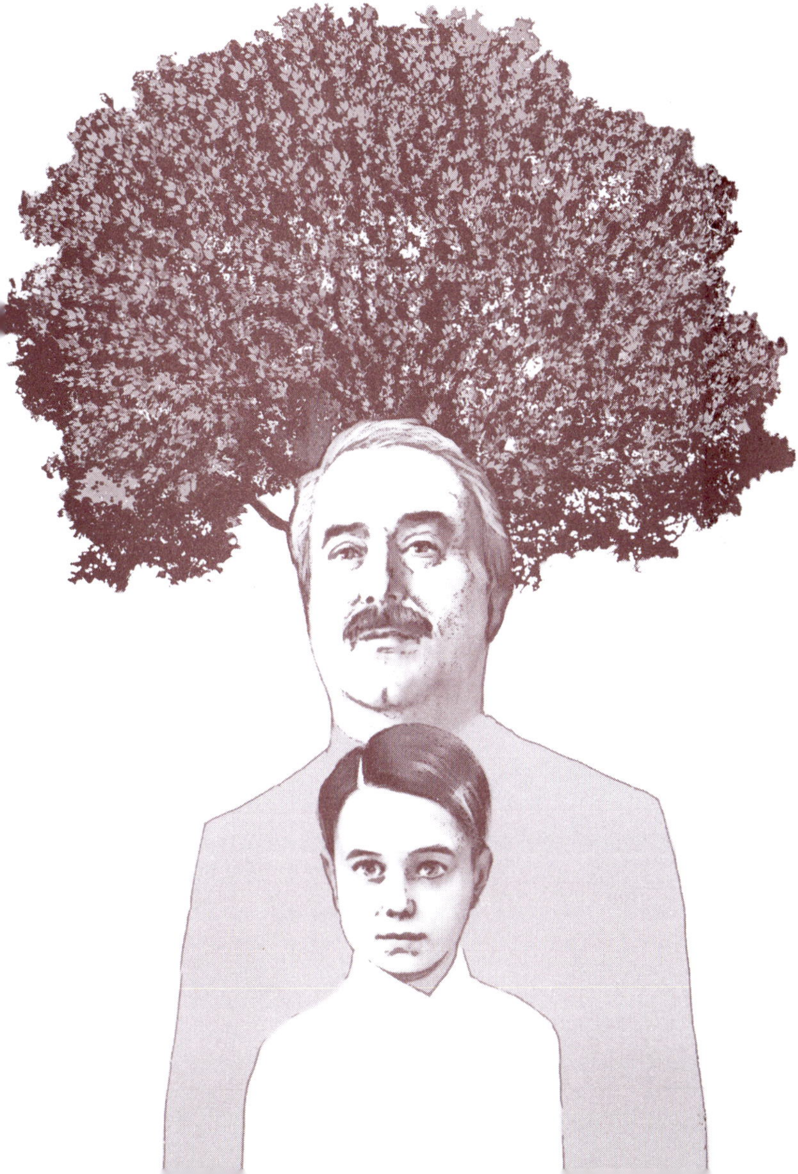

Appendice

Breve storia di Giovanni Falcone

La storia di Giovanni Falcone e la storia della lotta alla mafia si incontrano nel 1979. Fino ad allora, ben poco si conosceva del modo in cui era organizzata e funzionava la criminalità organizzata in Sicilia e nel resto d'Italia. Dall'immediato dopoguerra accadeva invece in modo praticamente sistematico che ogni poliziotto, carabiniere, giudice e giornalista che tentasse di contrastare e denunciare le attività dei boss fosse messo in difficoltà, prima, e colpito, poi, nel modo tipico della mafia: con la violenza, le pistole, gli omicidi. Omicidi che restavano perlopiù impuniti, perché in Sicilia alla mafia si affiancava l'omertà, ossia la legge del silenzio secondo la quale il nome dell'autore di un delitto non andava mai rivelato, per nessun motivo, affinché la legge dello Stato non lo potesse colpire. Poteva invece colpirlo chi era stato offeso da quel delitto, per vendicarsi. Così era – ed è – la mafia.

Anche nei casi in cui i boss venivano arrestati e iniziava un processo, di solito non si arrivava mai a una condanna: i giudici li assolvevano per insufficienza di prove, oppure li condannavano a pene lievi, come accadde negli anni Settanta, al termine di importanti processi a Bari, Lecce e Catanzaro, a imputati del calibro di Michele Greco e Pippo Calò, che sarebbero stati condannati per i loro delitti soltanto molti anni dopo, grazie al lavoro di Giovanni Falcone, Paolo Borsellino e dei loro colleghi.

Dopo quelle assoluzioni, i boss tornavano liberi di svolgere le loro attività criminali, sentendosi oltretutto

APPENDICE

ancora più potenti e invincibili, un vero e proprio Stato nello Stato. Intanto anche gli uomini politici chiudevano un occhio e fingevano che la mafia non esistesse. Questa situazione veniva considerata la normalità, così come veniva considerato normale che chi per mestiere lottava contro la mafia non avesse alcun tipo di protezione: come il poliziotto Boris Giuliano, ucciso nel 1979 in un bar sotto casa, subito dopo aver ordinato un caffè. Anche se il suo lavoro l'aveva da tempo messo in una posizione di pericolo, nessuno aveva fatto nulla per proteggerlo.

Questa era quindi la situazione quando, dopo dodici anni di lavoro al tribunale di Trapani, e dopo la separazione dalla prima moglie, Giovanni Falcone decise di fare ritorno a Palermo, nel luglio 1978. Per circa un anno si occupò di fallimenti, finché nel 1979, in seguito all'omicidio del giudice Cesare Terranova, freddato in strada mentre andava al lavoro, il giudice Rocco Chinnici riuscì a convincere Falcone a passare a lavorare con lui nell'Ufficio istruzione della Sezione penale, ossia la sezione del tribunale che si occupava dei crimini di mafia. Non fu quindi per caso, ma per scelta, che Falcone decise di dare questa piega alla sua vita. Pochi mesi dopo, alla squadra di Chinnici si aggiunse anche il giudice Paolo Borsellino. La prima inchiesta importante affidata a Falcone fu quella su Rosario Spatola, uno stimato imprenditore edile che dietro la sua facciata di rispettabilità riciclava i soldi frutto del traffico di droga di alcuni potentissimi clan italo-americani. Negli stessi anni, Falcone collaborò all'inchiesta *Pizza Connection* dell'FBI, contribuendo a ricostruire le fila di un enorme traffico di droga tra Stati Uniti e Italia. Mentre Falcone si occupava di importanti e inedite indagini patrimoniali che gli avrebbero permesso di seguire per la prima volta e individuare i proventi delle attività di Cosa Nostra, l'8 agosto 1980 fu ucciso il procuratore capo di Palermo Gaetano Costa. Dopo l'omicidio, per la prima volta fu assegnata la scorta a Giovanni Falcone. Tre anni dopo, nel giugno 1983, arrivò la condanna per Spatola e gli altri imputati.

APPENDICE

Un mese più tardi, la risposta della mafia: un'autobomba uccise Rocco Chinnici e la sua scorta.

Quando a Palermo a sostituire Chinnici, ideatore di quello che tutt'oggi si ricorda come "pool antimafia", giunse il giudice Antonino Caponnetto, il pool era composto da Falcone, Borsellino e i giudici Giuseppe Di Lello e Leonardo Guarnotta. Era la prima volta che un gruppo di magistrati lavorava in quel modo, fianco a fianco in un'inchiesta sulla mafia e il metodo si rivelò efficace: dopo l'arresto del boss Tommaso Buscetta, nel 1984, le indagini ebbero una svolta inaspettata. Buscetta infatti chiese espressamente di parlare con Falcone, l'unico giudice di cui avesse rispetto, e decise di pentirsi, rivelandogli in una serie di lunghi interrogatori alcuni importanti elementi di cui fino ad allora nessuno era mai stato a conoscenza: il significato e le origini del nome Cosa Nostra, il modo in cui era organizzata la mafia, chi ne erano i capi in quel momento, come svolgevano le loro attività e soprattutto come riuscivano a riciclare i loro guadagni rendendoli soldi puliti.

Anche in questo caso, la risposta della mafia non si fece attendere: uno dopo l'altro i parenti più stretti di Buscetta furono assassinati, così come i poliziotti che avevano aiutato il pool antimafia nelle indagini, il commissario Beppe Montana e l'ispettore Ninni Cassarà. Il livello della scorta a Falcone e Borsellino si intensificò sempre più e quando le minacce nei loro confronti si fecero ancora più assillanti, fu deciso di trasferirli con le loro famiglie in un luogo sicuro: l'isola dell'Asinara, in Sardegna, dove si trovava un vecchio carcere in disuso. Trascorsero lì l'estate del 1985, a lavorare, lontani da tutto e da tutti. In seguito, tornati a Palermo, Falcone e Borsellino avrebbero anche ricevuto una richiesta di risarcimento da parte dello Stato per le spese sostenute durante quel soggiorno a cui erano stati costretti per avere salva la vita.

Nel 1986 ebbe inizio il processo che segnò il culmine del lavoro del pool antimafia: il maxiprocesso. A Paler-

APPENDICE

mo, all'interno del carcere Ucciardone, fu costruita un'apposita aula-bunker in cui svolgere le udienze e far sfilare davanti ai giudici i numerosi imputati, mentre giungevano da tutta Italia e da tutto il mondo giornalisti mandati a seguire quello che era un vero e proprio evento: il primo, grande processo a Cosa Nostra.

Il 16 dicembre 1987 il processo giunse al termine. I giudici chiedevano la condanna a pene gravi ed esemplari, ma non finiva lì: i processi infatti passano sempre attraverso tre gradi di giudizio e quello era soltanto il primo grado. Con la sentenza di secondo grado, nel 1989, altri giudici stabilirono che quelle condanne erano troppo severe e che, addirittura, alcuni boss avrebbero dovuto essere assolti. Sembrava di tornare indietro, a quei processi senza condanne né colpevoli degli anni Settanta. Restava un ultimo grado di giudizio, alla Corte di Cassazione, che avrebbe emesso la sua sentenza soltanto nel gennaio 1992.

Nel frattempo, molte cose erano cambiate a Palermo: Paolo Borsellino si era trasferito a Marsala, mentre Antonino Caponnetto aveva lasciato il suo incarico perché aveva raggiunto l'età della pensione. Falcone si era candidato a sostituirlo a capo dell'Ufficio istruzione, tuttavia nella votazione finale ebbe la meglio un altro magistrato, Antonino Meli. In seguito, Giovanni Falcone iniziò ad avere diverse divergenze anche con il nuovo procuratore capo, Pietro Giammanco. Per questo motivo, quando nel 1991 gli offrirono un lavoro importante, presso il Ministero di grazia e giustizia a Roma, Falcone valutò che quella sarebbe stata l'occasione per dare un importante, ulteriore contributo alla lotta alla mafia in Italia e accettò la proposta, trasferendosi così a Roma.

Il gennaio 1992 la Corte di Cassazione finalmente si pronunciò sulle condanne del maxiprocesso, confermando i moltissimi anni di carcere previsti per i boss. Anche in questo caso, la risposta della mafia non si fece attendere: il 23 maggio 1992, mentre era di ritorno dalla Capitale, sulla strada dall'aeroporto di Punta Raisi a Palermo, all'altezza di Capaci, Giovanni Falcone morì in un attentato insieme alla moglie Francesca Morvillo e a tre agenti della scorta, Antonio Montinaro, Rocco Di Cillo e Vito Schifani. Cinquantasei giorni dopo, il 19 luglio, anche il giudice Paolo Borsellino, che nel frattempo era tornato a Palermo proprio per indagare sull'attentato a Falcone, morì a causa di un'autobomba, in via d'Amelio, insieme alla sua scorta composta dagli agenti Agostino Catalano, Walter Eddie Cosina, Vincenzo Li Muli, Emanuela Loi e Claudio Traina.

Tutt'oggi a Palermo, in via Emanuele Notarbartolo, davanti al portone d'ingresso del palazzo in cui abitavano Falcone e sua moglie, Francesca Morvillo, si trova un albero di ficus pieno di biglietti e messaggi commemorativi. Proprio lì, dal 23 maggio 1993 si concludono ogni anno le manifestazioni in occasione dell'anniversario della strage di Capaci, e già nei mesi immediatamente dopo l'attentato molte persone iniziarono spontaneamente a lasciare appesi all'albero messaggi di cordoglio, in ricordo del magistrato ucciso.

Così quello che era un albero come tanti è diventato, proprio come Giovanni Falcone, un simbolo di speranza e di giustizia, e nessuno lo chiama più ficus ma, semplicemente, l'albero Falcone.

Cronologia della vita di Giovanni Falcone

1939

Nasce a Palermo il 18 maggio, da Arturo Falcone e Luisa Bentivegna.

1957

Si diploma al Liceo classico Umberto I di Palermo.

1961

Si laurea in Giurisprudenza con 110 e lode.

1964

Dopo aver superato il concorso per diventare magistrato, assume l'incarico di pretore a Lentini, in provincia di Siracusa. Sposa Rita Bonnici.

APPENDICE

1966

Si trasferisce a Trapani dove lavora come sostituto procuratore in tribunale.

1973

Si trasferisce alla sezione civile del tribunale di Trapani.

1978

Si trasferisce a Palermo dove prende incarico nella sezione fallimentare del tribunale, continuando a occuparsi di diritto civile e nel contempo sviluppando una serie di competenze su indagini patrimoniali e bancarie che si riveleranno in seguito fondamentali.

1979

Passa all'Ufficio istruzione della Sezione penale del tribunale di Palermo.

1980

Il giudice Rocco Chinnici gli affida le indagini su Rosario Spatola.

1983

Mentre Falcone è in Thailandia per seguire un filone d'indagine, Rocco Chinnici viene ucciso da un'autobomba; a sostituirlo viene nominato Antonino Caponnetto.

1984

A luglio Falcone interroga per la prima volta il pentito Tommaso Buscetta.

1985

Con Paolo Borsellino, con cui sta preparando l'istruttoria per il maxiprocesso, insieme alle rispettive famiglie trascorre l'estate in isolamento nel carcere dell'Asinara, per sfuggire a ripetute e gravi minacce di morte.

1986

Sposa Francesca Morvillo. Il 10 febbraio a Palermo ha inizio il maxiprocesso a Cosa Nostra.

1987

Il 16 dicembre i giudici pronunciano la sentenza di primo grado del maxiprocesso.

APPENDICE

1988

Al posto di Antonino Caponnetto, che va in pensione, viene nominato consigliere istruttore del tribunale di Palermo Antonino Meli. Falcone, che era stato dato per favorito nella nomina a quell'incarico, perde il posto per quattro voti. Nello stesso anno Falcone coordina un'altra importante indagine tra Italia e Stati Uniti, colpendo un ingente traffico di droga.

1989

A giugno, mentre si trova al mare all'Addaura, sulla costa vicino a Palermo, Falcone scampa a un attentato: qualcuno ha messo una bomba tra gli scogli di fronte alla villa in cui, controllato e protetto dalla scorta, Falcone trascorre l'estate. La bomba però all'ultimo non esplode. Nello stesso anno Falcone è nominato procuratore aggiunto a Palermo: la carica dovrebbe conferirgli maggiore margine di manovra nelle indagini, ma in realtà le continue divergenze con il procuratore capo, Pietro Giammanco, diventano sempre più insostenibili.

1991

Si trasferisce a Roma per lavorare al Ministero di grazia e giustizia, alla direzione dell'Ufficio affari penali.

1992

Il 23 maggio muore in un attentato con la moglie Francesca e gli agenti della scorta Antonio Montinaro, Rocco Di Cillo e Vito Schifani: una carica di tritolo fa saltare in aria il punto dell'autostrada in cui stavano passando in automobile per andare dall'aeroporto di Punta Raisi a Palermo.

Indice

Prefazione di Maria Falcone   7

Il bambino Giovanni Falcone   11

Appendice
  Breve storia di Giovanni Falcone   79
  Cronologia della vita di Giovanni Falcone   88

ANGELO DI LIBERTO

Nato a Palermo, ha studiato all'Istituto Nazionale del Dramma Antico di Siracusa e recitato in diversi spettacoli. Dal 2004 segue i corsi di "Actor's Training" e "Script Analysis" di Michael Margotta. Tiene una rubrica settimanale di approfondimento letterario sulle pagine di Palermo de "La Repubblica". In rete è apprezzato animatore di percorsi critici di condivisione e promozione della lettura. Questo è il suo esordio letterario.

PAOLO D'ALTAN

Dopo studi classici ha collaborato con agenzie di pubblicità e riviste come illustratore autodidatta. Si è poi avvicinato al mondo dei libri per ragazzi, pubblicando con molte case editrici italiane e straniere e vincendo prestigiosi riconoscimenti tra cui il premio Andersen nel 2011 e il premio speciale Sergio Toppi nel 2016. Vive e lavora a Milano.

PROVA D'ACQUISTO
978-88-0467953-0
Il bambino
Giovanni Falcone